¡Soy un insecto!

Si yo fuera una mariposa

Bree Pavone
traducido por Alberto Jiménez

ilustrado por
Matías Lapegüe

PowerKiDS press.

New York

Published in 2018 by The Rosen Publishing Group, Inc.
29 East 21st Street, New York, NY 10010

First Edition

Translator: Alberto Jiménez
Editorial Director, Spanish: Nathalie Beullens-Maoui
Editor, English: Melissa Raé Shofner
Book Design: Raúl Rodriguez
Illustrator: Matías Lapegüe

Cataloging-in-Publication Data
Names: Pavone, Bree.
Title: Si yo fuera una mariposa / Bree Pavone.
Description: New York : PowerKids Press, 2018. | Series: ¡Soy un insecto! | Includes index.
Identifiers: ISBN 9781508159582 (pbk.) | ISBN 9781508156901 (library bound) | ISBN 9781538320068 (6 pack)
Subjects: LCSH: Butterflies–Juvenile fiction.
Classification: LCC PZ7.P386 If 2018 | DDC [E]–dc23

Manufactured in the United States of America

CPSIA Compliance Information: Batch #BS17PK: For further information contact Rosen Publishing, New York, New York at 1-800-237-9932

Contenido

Hoy fui al parque con mamá.

¡Vimos una mariposa! ¿Cómo sería yo si fuera una mariposa?

Primero sería una oruga con vistosas rayas.

Estos colores me ayudan a mantenerme a salvo, porque le dicen a los pájaros:
"¡No me comas!
¡Mi sabor es MUY malo!".

Me paso todo el día mordisqueando hojas.

Cuando crezco
lo suficiente me
envuelvo bien.

¡Ya es hora de convertirme en mariposa!

Mis alas son negras y naranjas.

Las extiendo al sol.

Vivo en un jardín.

Vuelo de flor en flor.

Las flores tienen
un néctar dulce y
delicioso.

Para sorberlo, utilizo mi larga lengua
como pajita.

El verano es una época genial para ser mariposa. El aire es cálido y el sol brilla.

Cuando empieza a hacer
frío vuelo hacia el sur con
mis amigos.

Nuestras bellas alas
cubren los árboles.

Sería bonito ser una mariposa,
aunque solo fuera por un día.

Palabras que debes aprender

(la) oruga

(el) jardín

(las) alas

Índice

24